千川ヴィーナス

篠沢秀夫

思潮社

千川ヴィーナス——日本もフランスも散歩する　目次

＊日本の毎日

＊フランスの味

写真提供＝著者
装幀＝思潮社装幀室

日常叙事詩集

千川ヴィーナス

——日本もフランスも散歩する

日本の毎日

千川ヴィーナス

千川通りの並木は桜と知った
嬉しいな
桜待ち待ち　何度も通う
自転車散歩は
楽しいな

今日はもっと奥まで行こう
環七道路が上を通る

ガードの先まで行ってみよう
ガードの先に　いきなり白い影
可愛いな

ヴィーナスだ　裸だからヴィーナスだ
左足を少し上げ　ももに布をかけている
ヴィーナスは愛の女神だ
処女じゃない
水浴びか　前を自動車走るのに

おお　ここまで来られる幸せ
元気に何キロも自転車で来られる幸せ
立体花壇の向こう

ガソリンスタンドの入口の
白きヴィーナスに会える幸せ

何度も来ては前後左右
ヴィーナスを周りから眺める
台の上で前屈み
髷が日本髪のように高い
懐かしい

おしり　可愛い　二つ割れ
前に回る　おまた　まる見え
ああ　スカートの下は　こうなんだ
側近の女性以外も　こうなんだ

可愛い　皆　可愛い

前から見　後ろから見
遠くから見　写真撮る
おお　桜が咲いた
ヴィーナス越しに満開の桜並木
今生きてる嬉しさよ　古希を超えて

なぜここにいるのか　小さなヴィーナス
存在物の強さを教えてくれる
そこに在るのだから
後ろから見れば　いつでも　おしり
おお　顔のきれいな　千川ヴィーナス

ヴィーナスと桜咲く千川通り **〈千川ヴィーナス〉**

歩道を飾り公園を眺める踊り子〈**歩道の踊り子**〉

歩道の踊り子

電動自転車バス　発進
新宿区北端の我が家から
たちまち豊島区へ進入
やがて練馬区へ突入
国境だったら面白い
小国だらけの昔のイタリアみたい

つつじ公園はどこか？

その近くに住む知人から聞いた
あった！　練馬駅横　二百メートル！
真紅　ピンク　純白　真っ黄色！
地を覆う白い「暮れの雪」
人の背二倍にそそり立つ赤い「若楓」

知らざりき　この四月二十六日まで
つつじにこれほど種類があったのだ
これほどに背の高いつつじもあるのだ
天候と時間が許す限り
つつじの咲くうち何度も来よう
五月十二日　四回目　公園の向こうに回る

おお　空高くそそり立つ半裸の美女！
道路の向こう側　杉並木の始まる前
右腿は短踊り着の裾から前へ
指を組んだ両手を空高く真っ直ぐ上げ
手のひらは空を仰ぐ

台座には「踊り子」と銘記
偉い！　我は手のひら返せば腕伸びぬ
偉い！　踊り子の後方の歩道は公園！
片側は杉並木　反対側は花壇の列
途中二箇所膨らんでベンチあり
つつじが散ってもここへ来よう

つつじが散っても　つつじ公園は素晴らしい
つつじの葉の姿が変わる
一面に広がるつつじの種類によりそれぞれ
つつじ公園奥の低い築山上のベンチから
歩道公園の杉並木を眺め
遥か左側の踊り子を想う

ポン　タタ　タンポポ

ポン　タタ　タンポポ
ポン　タタ　タンポポ
西洋タンポポ　ピッサンリ
リでピスする　おネショびっしょり

ピッサンリを根から齧るは誰か
西洋古来　地下六尺　横たわるは死者
「タンポポを根から食べる」は死者

ああ　誰がタンポポを根から食べたいか
ポン　タタ　一回　ポン　タタ　二回
おお　おお　ポン　タタ一回言う毎に
われ一秒　近づくか　死に

否　ソハ物語の死ゾ　死者の年齢ゾ
時間ノ中ヲ突キ進ム　我等ノ生ハ伸ビ行ク棒ゾ
風ニ散レ　たんぽぽ　ぽん　たた一回　一秒獲得ゾ

白き脇の下

松坂慶子の白い腕が上がる
脇の下もあくまで白い
かっきりと長方形の窪み　光る
振り向けば　黒靴下の上に　尻が白い

またも上がる腕　白き脇の下
銃声一発　発射衝撃が肩にガーン
撃ったのはジブン　この自分

命中　米兵滑り落ちる氷壁の下

即死か　うずくまる丸い肉
この瞬間　自分はアッツ島を去らないと決意
涙す　昭和一八年五月一二日　米兵上陸

玉砕の言葉のできる前のわたしの死
松坂慶子の演じる女はほんとは小心
両手で尻を隠した　アッ　生きているわたし

こぶし落花

落花　落下　落花　落下　落花　落下　着地
ピーチク　ピーチク　ピー
落花　落下　落花　落下　着地
ピーチク　ピーチク　ピーチク　ピー

寝椅子から仰ぐ野性のこぶし　空高く風に枝を揺らす
一つ　また　一つ　一つ　ときどき　一つ
落ち来る白片は大きく　これが花かと　と驚かす
山荘の屋根の向こう　白い山桜　塊となって花を保つ

ここは信州軽井沢　昨日信州上山田の古城
急勾配一八％の山上に木製物見櫓風に揺れる
落城三度　地元士族次々と有名諸侯に敗れし荒砥《あらと》城

どこで死のうと　古武士の身に白し　こぶしの落花
梢よりまた一片　落花　落下　わが胸に
屋根の向こう　夕陽に白く　なお生きるわが家の桜花

返歌

山里の　庭に白けき　山桜
　下から見れば　それとわからず

エコダはエゴタならず

江古田の人はエコダと言う
他所の人はエゴタと言う
江古田を自転車で走るうち気づいた
突如　豊中通り沿いに巨木の森
その三分の一は金網柵のこちら側
北江古田公園五百周遊道長辺の一つ

「今　八周」と若奥様が微笑む周遊道は高台

中央のコンクリのグラウンドは低い
なんと役に立つ　雨で溢れる川水の排水地
そのグラウンドを二つに分かつ中の島
大高木を抱える築山の両側にベンチ
五百米回るよりこの中の島に直行の癖

おお　中の島から見える入口方向
森のはみ出しの高大木の列
季節移れば緑から黄緑　枯れ葉　裸の枝
そしてまた緑　木々に親しい人の名を捧げる
わが小説の主人公伸子様の木が最巨大
おお　グラウンドの周りには可愛い庭木も

通って何年北江古田公園よ
中野区と練馬区の境
ここまで自転車散歩できれば幸せ
中の島十本の巨木すべてに名あり
中の島の南北のベンチに誰もいない時
高校から今まで五十年の交友を偲ぶ

中の島を出てグラウンドを横切り
反対側の周遊道長辺に上がる
土手から陸橋　森側の周遊道を眺める場所
必ず足停めたくなる　いい眺め
おお　この景観はすべて我が家なり

そう思わなければこのそばに越して来たくなる
自転車を置い豊中口まで戻れば三百米か
どの季節も森風爽やか　鳥の歌　虫の声
自転車を預けた大樹の幹に
木の間洩れの日が差すのは夕陽か
瞑想に耽ったあと意欲に燃え
「また来ます」と大樹に御挨拶　その木は誰か

桜咲き枯れ枝もある北江古田公園 **〈エコダはエゴタならず〉**

白雲下の浅間山〈**浅間望台の膨大な夢**〉

浅間望台の膨大な夢

軽井沢は第二の故郷　東京では生家は消え失せた
小一の昭和十五年から四夏軽井沢　思い出深い
「軽井沢は自転車で行ける所が別荘地」と土地の古老
軽井沢に明治二十年代に別荘地を作ったのは西洋人
当時　自転車は人気の新発明品　平地を走る
軽井沢の別荘地は海抜九百米の平地

結婚したら毎夏　軽井沢貸し別荘　明治二十六年建造

やがて平地の森の中に安い土地を買う
東京では貸家住まいなのに軽井沢に別荘を建築
丸太壁の山小屋風　夏だけの家
そして築後三十年　周囲の新築別荘は完全暖房永住型
妻も娘も　わが別荘を　古い　ぼろいと批判する

おお　わが別荘のどの窓からも　木が見える
周辺の土地の木も入れて五十本以上の窓多し
東京には高い椰子の木が門内に聳える家を買ったが
二階の出窓から見えるのは椰子の葉陰に中学校舎裏側
お早うと窓から木々に声をかける軽井沢の家はよい
そして軽井沢にも中古で買った電動自転車がある

建てた後に出来たバイパスを　ある日　中軽方面へ
途中ふと森道へ左折　砂利道の先　すぐ右側に石碑
馬頭観世音　脇の小石碑に江戸中期の年号が刻まれる
その先急な下り坂　もう別荘地でない　手前で右折
おお　土地の人の立派な家　短い坂道の右に大木列
上がって驚く　奥行きも幅も百米はある平地　泥地！

右の大木列はすぐ切れるが　すぐ先に低台地上に杉林
平地の外れは低い崖　道の向こうに三階のアパート
その薄赤屋根の上　白雲なびく上にうっすらと山裾！
浅間山！　左へ上がり　また白雲に覆われる
おお　さらに左の別な二階屋の上に右に上がる山裾！
おお　晴れた日にはこの空き地の正面一杯に浅間山が！

浅間望台と名付けよう　晴れた日には飛んで来よう
飛んで来た　営業風でなく車が何台も止まっている
浅間山全景　望台の正面の下半分を埋める
入口の住人が地主　ある日語りあった　以前は民宿
世にへつらわずにも本が凄く売れたならここを買うと
膨大な夢を約束　来る度に建物の形を想像　心躍る

天照大神のお母様

つつじ公園は　内部も　周辺も　驚異に富む
練馬駅入口の反対側の外に沿う道路の向こう側
「踊り子」像に始まる花壇列歩道公園の終わり
行き止まり道が左折　短いが急な坂を下る
自転車は漕がなくとも急加速　一気に下る
下の右手にコンクリの大鳥居　新しく味気ない

大鳥居の中は広くも狭くもないコンクリ床

あっ、その奥に幅狭石段！　上にお社！
そして石段の左の巨木　濃い緑が石段を覆う！
駆け寄る！　立札「ねりまの名木」樹齢八百年以上
周囲八米　高さ二五米　源義家　奥州征伐戦勝祈願
西暦一〇八三年　この社にけやきを植えたと伝説！

もう一本残る　石段の上の左側　頭を切られても巨大
そして上にはもう一つ品のある内鳥居　そして拝殿
白山神社　祭神イザナミのみこと！　国生みの女神！
天照大神を目玉から生んだイザナギのみことは夫
生みの母ではなくとも　この女神は天照大神の母だ
うおーっ　白山神社は伊勢神宮よりも上か

伊勢にまだお参りしていない身は恐縮　感激
つつじ公園に来る度に　白山神社にまず直行
文運隆盛を祈る度に　樹齢八百年を越える木に
生きている長い歴史を見て　心豊かとなる
おお　皇室はもっと長い歴史を生きている
おお　我も先祖定かならずとも生命を引き継いでいる

下のけやきも　上のけやきも　大瘤だらけ
下のけやきの幹の左下は傷か　開き米俵を貼ってある
しかし生きている　発見の九月四日から秋へ冬へ
葉は黄ばみ　やがて落ち　幹は裸の腕を振り上げ
元旦初詣には　下の大木が上の大木を隠さず
下から石段　お社　上下の二けやき　一気に見える

自転車で出ると寄る　中井出世不動尊様は殆ど日参
仏教なのに神社作りなのが日本的で嬉しい
時々の同じ日に二つ目のお参りもお許しくださろう
樹齢八百年以上の二本の木は柵があって触れないが
見るだけで心に生命力溢れ　歴史の温かみ沸く
その温かみはお不動様にも伝わるのでは

八百年の命を生きる白山神社の大けやき〈**天照大神のお母様**〉

タブの大木にお屋敷とカリンの花　上花輪の美〈**上花輪歴史館の自然は文化**〉

上花輪歴史館の自然は文化

高さも幅も遠くから森に見えるタブは一本の木
近づくと手前の木々の向こうに沈む
道路に面する見上げる冠木門を入ると砂利道
左右に幅広く両側の白壁の前に同じ葉の茂み
白萩と聞く　萩屋敷！　秋にまた来たい！
ずっと奥にまた門！　瓦屋根が左右に長く伸びる
おお　この「門屋敷」は江戸初期建造のまま！

入って右の部分の天井を巨大な長い綱が這う
将軍様御来訪　江戸川に船を繋ぎ　橋とした綱
時代そのままは多々あり　書院作りのお座敷に
安政の大地震の日の裂け目が天井の隅に残る
そして昭和八年製の洋間の姿も時代そのまま

お屋敷の周り　孤立建物も歴史を湛える
電灯のない茶室　神楽殿　お稲荷様　天照大神小殿
庭園全体の纏めは昭和初年　京都からの鞍馬石
昭和設立で国の文化財指定は全国でこの庭だけ
奥には江戸時代の船着場の岸壁が残る
そのすべてを庭木　滝木　草花が覆う。

ここに初めて来たのは講演講師として
江戸時代の蔵と馬小屋前の地上に椅子を並べ
テントを張って夏の青空講演会
おお　素晴らしい所だ、毎月来たい！
来ている　年数回　仲間を募り車に便乗して
夕方は野田の醤油を使うイタ飯屋で盛り上がり

千葉県野田市上花輪　元の庄屋が醤油作りとなり
この屋敷を建てた　今も醤油製造でこの地を支える
西北角を覆うタブの大木は屋敷木　岸壁には屋敷林
庭木とは違う　屋敷木という言葉を学んで知った
自然を文化として纏めるのは自然破壊ではない
財力は自然を支えてこそ文化である

三月には初午のお神楽　四月には桜草鑑賞会
旧暦によって節句次々　さらに展示館は月代わりに
家代々の刀剣あり浮世絵あり　文化財展示に栄える
努力する第三十代御当主も夫人も生きた文化財
上花輪歴史館に通ううち　草も木も四季の顔を覚え
我が命のはためきの一つとなりたり

フランスの味

アンリ様御最期

ヴァンデの者みんなを守ってくれた方よ
アンリ像の向いの家の老女が戸口で語る
その方はアンリ・ド・ラ・ロッシュジャクランよ
生まれたラ・デュルブリエールの城は　村はずれにある

日本人一同　アンリ様御誕生日前日　八月二十九日到着
サントーバンの村に　二十歳の御姿の御像を拝す
城は二百九年前　五度焼かれても　壁立ち　水濠を配す

一七九三年四月十七日の出陣の御言葉にわれら一同執着

われ進むなら　従い給え
われ退くなら　殺し給え
われ死すなら　仇を討ち給え

翌年一月二十八日　政府軍捕虜　アンリ様の額を狙撃
若大将の死を秘すため　御顔破壊して裸で土葬して反撃
城跡の納屋に住む家の少女　歴史を語りてやまず可憐

アンリ様御像の前に日本人ご一同到着**〈アンリ様御最期〉**

ブルゴーニュ　ロマン・ロランの故郷の野桜〈**白桜のふらんす**〉

白桜のふらんす

眼下の野原に点々と切妻屋根の民家
先端が長四角に立つブルターニュの家
高度千五百、千四百、あっ、白い花！　桜か
〝花は桜木　戦闘乗りはっ〟嘘言え

桜のわけがない　が　空港脇に白い花の大樹
弥生のみそか陽光輝くカンベールに桜！
知らざりき　これぞスリジエ・ソヴァージュ

実は小さくて食べられず　花は大きく開く野桜

おお転じて四月はブルゴーニュの原と丘を走る
おお並木、おお山肌、白く彩る野桜の花々
ビルのない町の民家の庭を一本立ちが見事に飾る

野に四角く並ぶ果実用桜は花小さく白冴えず
これぞ普通のスリジエ　だが　果実の桜も野桜も
花の散り際いかならむ　帰国する目には見えず

オペラ座への道

右と左の天使様　金色に戻ってよかったわ
オペラ座通りの始めからオペラ座は奥に見えている
両耳のように黄金に輝く天使を頂く大屋根
四十四年前は青銅色　天使と見えず緑青が垂れた

あ、新しいチョコレートの店　あ、焼き物の店
あ、人にぶつかる　曇って来た　近づくオペラ座
お、左の天使様だけ　薄い夕日が金色を輝かせ

なぜ　春の霙に輝くか　左の天使様は金の痣

振り返れば福沢諭吉ら幕府使節団のルーヴルホテル
オペラ座はなかった　今一歩ごとに若返るオペラ座
左側に第二回幕府使節団宿泊のグランドホテル

おお正面に大金文字「国立音楽アカデミー」
右の天使の足元に「抒情詩」左には「舞踊」
おお我若く新しい　四十四年前にはすべて緑青のみ

ヴェルサンジェトリクス様御最期

「ガリア人がその神々の足元に死せる祭壇」
モーリス・バレスの讃えしアリーズ・サント・レーヌ
シーザーの攻略せしアレジアの砦はここと決まりぬ
そそり立つ巨像　ガリア人の若き頭領はまさに祭壇

車は白桜《しらざくら》点々と並ぶつづら折りの山道を登り
降り立てば古き石積みの家並び　道平らならず
なお　見よ　さらに立つ　オーソワの丘を抉って小道上り

小道の先は空へ向かいて長々と石段絶えず
空中に遠く見えしヴェルサンジェトリクス
登りつきしオーソワ丘上の青銅巨像を仰ぐ息切れ
国民の連帯を叫ぶ言葉を刻みナポレオン三世建立す
おお何と脇に等身大　馬上のジャンヌ・ダルク
丘上広場の向こう　崖下にブルゴーニュの平野を望む
向かい立つ山並み上　ローマ軍陣地遺跡に野桜の花白く

ショコラの村

フランスにも砂利道！　急坂　右断崖　左絶壁
これぞ近道と　ハンドル握る元村長の顔嬉々
登れば岩の家並び　石畳の人無き道上下にうねる
鋭角に曲がる角の家　門に立つ花無き藤の木

フラヴィニー　不羅美尼　裸の尼
いや　古来　男の修道院　教会地下は八世紀のまま
村の名は砦を造ったローマ軍の将軍の名から

崖下に白桜《しらざくら》の列を望む岩石は二千年前のまま

岩の家の木の戸叩けば　村長にっこり現れる
映画「ショコラ」のロケの村　新しき何一つなし
下り坂の戸口　ここから映画で少女現れる

赤に黄に花燃える断崖上　古代礼拝堂発掘なる
村長示す半地下の奥　地下通路三つの岩穴
御堂の屋根の高さに道　民家の屋根にテレビアンテナ

ロマン・ロランの生家はどこか

クラムシー　蔵虫　ロマン・ロランの生地
ブルゴーニュの霊山ヴェズレーの隣の丘
ヴェズレーは全フランス人の知る聖地
蔵虫はブルゴーニュを出れば知る人なしか

「二つの川の合流を望む高台」とはどこか
川沿いの下町は短い坂や石段で上町へ
教会前広場　下町の屋根に手が触れるか

ロランの生地はどこ　三度たずねて空しい答え
生家は単にロマン・ロラン通りにあり
説明の金属板がかすれて字も見えず
四月初めはロマン・ロラン博物館も閉館なり

ああ運河と川が平地で合流　幼いロランの目はこれ
下町のはずれは庭付きの二階家多く
おお庭を飾る一本立ちの野桜の花白く道にこぼれ

下町が上町につながるクラムシー〈ロマン・ロランの生家はどこか〉

平野から見るシオン＝ヴォデモンの丘 **〈霊感の丘に立つ〉**

霊感の丘に立つ

「精霊の息吹く地あり」分厚い長編小説の冒頭の見出し
モーリス・バレス『霊感の丘』一九一三年
最初の頁にフランスの地名が一二出
ルールドやヴェズレイなど　一つ一つの地について
スカパーテレビ講座でも　生涯学習の講義でも語った
そしてローレーヌ地方では一つの丘がその地である
シオン＝ヴォデモンの丘　山を崇める古代の心

柏の木を崇めるケルト人の多神教の時代
東の先端シオンには平和の女神ロスメルタ像
馬蹄型の丘の別の先端ヴォデモンには男神ヴォタン像
ローマ軍に征服され　ケルト語を捨ててラテン語に同化
ローマのキリスト教化につれてシオンにはマリア像

ヴォデモンには城　歴代伯爵はマリア像に冠を捧げる
伯爵領は王国に併合　王国は革命で崩壊　教会は荒廃
『霊感の丘』の主人公バヤール神父活躍は一九世紀
修道院と伝道団隆盛　だが教会組織上層部から排斥され
「ローマ軍に対抗するケルト人のように」戦い　敗れる
だが教会の手先もこの丘の精神に感銘　バヤールを敬愛

その丘に立つことができた　二〇〇五年一〇月三日
車で平野から近づくと　低く　横に長く広がる丘
北ローレーヌのドイツ併合は「いつまでも　ではない」
そしてバレス参加の勝利の集い「いつまでも　ではなかった」
ここ南ローレーヌは併合されなかったのだ

シオンからヴォデモンに向かう三キロの道は起伏は僅か
だが道の両脇の平地は僅か　たちまち下り坂となる
下の平野の眺め　花園　森　畑　西に黒雨雲　東に青空
そして道の脇が急に開け　遠く立つ先端の尖った塔
車を下りてそばに立つ「モーリス・バレス記念碑」
記念碑の向こうは下り坂　平野の眺め　森　畑　花園

ヴォデモンの城で残るのはぎざぎざの石剥き出しの城壁
城壁の遺跡へ向かう細い草道の脇は急な下り坂
眼下の平野は木一本一本、草花の花びらまで細かく見える
ベンチが二つある　おお　ここへ毎日こられるこの村よ
ベンチに座って思う　『霊感の丘』は全訳しよう
西の黒雨雲に雷光　東の青空に輝く陽光　霊感の丘に立つ。

ドンレミ　どん　どん

ドンレミ　どん　どん　ドンレミ　どん
ジャンヌ・ダルクは乙女なり
村の乙女が神の声を聞いた
その村は丘の上に　どんどん伸びる
シュニユーの森まで一キロか二キロか
丘の上にまた丘が始まる深い森
そこでも天使の声を

ドンレミ村の平地は細く長い
石造りのジャンヌの生家の前は広場
すぐ向こうにジャンヌ洗礼の教会
一瞬普通の平地と錯覚する
だが道に出て　下が見えたらずっと見える
眼下の平野　どこまでも広がる
五十メートルの高さか　下の草花まで見える

ジャンヌの生家の暖炉は幅広く背が高い
岩の壁　岩の床　炊事も食事も睡眠もここか
家の戸口の上の壁に王紋の百合を含む彫刻飾り
王によって貴族になった弟が作らせた
魔女として火あぶりになっても

助けられた王は密かにジャンヌを崇めていた
それにしても　もとから村では大きな家か

もうやがて六百年となる昔
「フランスへ行け」と神の声
ここはフランスではなかったのだ
ドンレミはロ－レ－ヌ公爵領
でも言葉は同じ壊れたラテン語　フランス語
フランス王はフランク族の王
ランスの大聖堂の儀式で神聖とされる

王は貴族とは違う　助けよう
英軍を破りオルレアンを解放

王をランス大聖堂へご案内成功
ジャンヌ・ダルクを讃える心は生きる
シュニューの森のレストラン『巡礼歓迎』
三時になるとウェイトレスたち
ベトナム娘まで『アヴェ・マリア』合唱

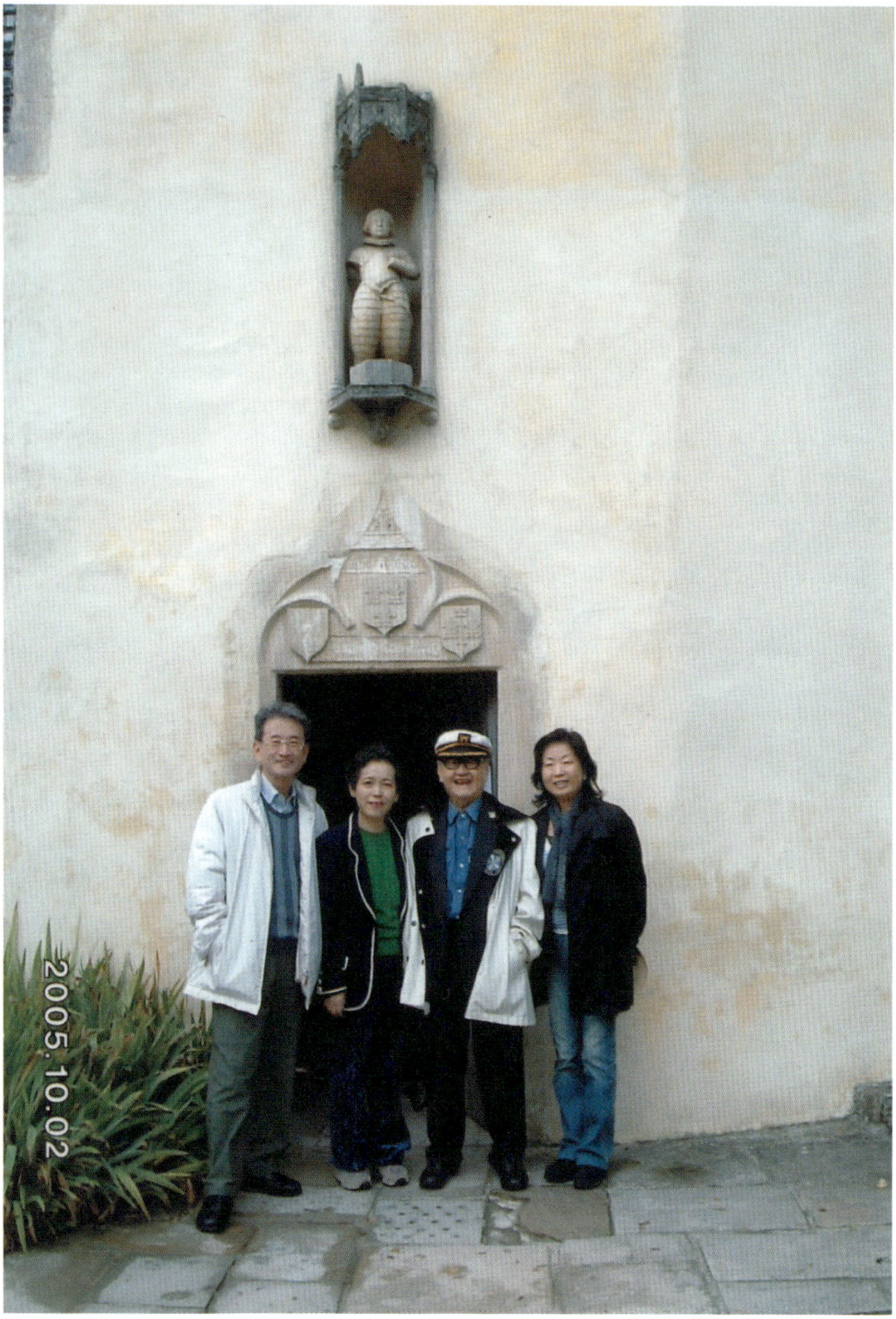

ジャンヌ・ダルクの弟が貴族になり生家に作らせた飾り **〈ドンレミ　どん　どん〉**

コウノトリは幸の鳥〈アルザスのコウノトリ〉

アルザスのコウノトリ

ジャンヌ・ダルクの村を後ローレーヌの平野を東へ
南北に立ちふさがるヴォージュ山脈を上る
森深く道うねり　現れるアルザスの町を坂道が横切る
山頂はいくつあるのか　遠く平野を望み　また森に沈む
下りきればライン川に沿うアルザスの平野　川は国境
四世紀から五世紀　川を越えてゲルマン人が住み着く

山を下りかける道脇のブドウ畑の向こうに赤屋根の家々

古い町の良さにじむ　赤屋根の尖った塔　窓もない
上に黒い丸　近寄ると鳥の巣　大きい　直径一米か
コウノトリの巣！　アルザスの印！　幸福をもたらす！
古城遺跡で知られるリヴォーヴィルは道からはこの巣だけ
おお　コウノトリ飛来！　大きい！　われらを歓迎して！

その少し先リックヴィールはさらに小さい町　人口半分
だが巾広い石畳坂道の旧市街はそのまま繁華街
観光タイヤ列車が市内を巡回する
白ワイン　リースリングの大名産地
試し飲み屋　食堂に富み　そしてお土産屋！
コウノトリ　大中小　飛ぶ姿　歩く姿　寝る姿　皆買う！

欧州連合首府　ストラスブールからアルザスを出る
空港のお土産屋にまた　コウノトリ大中小　また買う
パリの国内空港にも帰国時の国際空港にもコウノトリなし
コウノトリはやはりアルザスのシンボル
巣のために塔を建ててアルザス人はコウノトリを愛す
同じフランスの他の地方ではコウノトリは出産運だけ

帰国翌年二月七日　横浜で生涯学習の講義
アルザスについて語り　持って来たコウノトリを示す
講義終えると電話殺到　取材申し込み　紀子様御懐妊！
コウノトリはやはり赤ちゃんをもたらすのか
いや　さらに　アルザスの人の思い願うように
より広い大きな幸福をもたらすのだ　全住民に

我が家の玄関の壁に鋲止めで　ぶら下がるコウノトリ
白い体に赤いくちばし　チョッキ　脚　黒帽子に黒上着
ワイン作りの町リックヴィールから連れてきた
殿下御夫妻が正月のお歌で飛ばしたのと同じコウノトリ
孫を連れて来て下され　おお　そして　幸福も
玄関のコウノトリを見るたび　幸運を思い　笑みぞ湧く

ブルターニュ連唱

ラ岬の孤独

左から右へ　カモメが白く飛び下がる
突出巨岩の右下に　小さな渦潮　白い丸
濃く青く広がる　逝きし人たちの湾
ラ・ベ・デ・トレパッセは溺死体の浮き上がる湾

それは今の言い伝え　古代のここ　ラ岬は
ケルトの国と　あの世との境
正面に低く霞む　セン島前の難所の瀬戸は

今は陽光に映え　温もる　まなかい

われも白き衣を羽織れりカモメと共に飛ばむ
この世とあの世　今と古代を行き来せむ
ああ　ブルターニュ半島の西端に独り残らむ

ここ　ここ　渦潮岬　ラ岬の岩に座るわれ
陽光　風雪　永遠に　ここに残さむ　われの片割れ
カモメよ　白く　逝きし人たちの湾から飛び上がれ

ラ岬の先端に白衣の我 **〈ラ岬の孤独〉**

振り返り見るラ岬の左は大西洋〈ラ岬からの道〉

ラ岬からの道

「風の日はまっすぐ立って歩けません」と土地の女性
あの世との境　ラ岬を背に　帰る道すがら
不思議に穏やかな陽光の午後　とぼとぼ歩く　余生
半島は太くなり　逝きし人たちの湾を隠す草はら

反対側に広く光るは　大西洋の海原
海側へ下り行く斜面は　岩　岩　小石
石畳遊歩道の陸地側は　草　草　土まばら

草に名無きは無しとは言え　知らぬはしかた無し

風に叩き伏せられるか　樹木は全く無し
ゾクゾクと身を寄せ合い僅かに立つ赤い実の草
白い軸を数多く伸ばす一つ花　千手観音のごとし

叩き伏せられ地に這いつつ枯れ行く長草
おお見事　枯草の上に紫の花筒を捧げる赤い茎
一歩一歩　この世へ帰るわれを支えよ　海辺の野草

行きたい　帰りたい

行きたい　帰りたい　生きたい　帰りたい
でも　わたしのお家は　日本国　東京に
帰りたい　では変か　正しくは　行きたい
日本の東北によく似た　フランスの西北に

でも帰りたい　渦潮逆巻く　ラ岬
フランスの西の果て　ブルターニュ半島
その西の果ての細い細い長い長いラ岬

その突端の岩の上に座る吾輩の白い船員帽

タララン　カモメ飛べ飛べ　白カモメ
左から右へ「逝きし人たちの湾」へ　飛べ
右から左へ　飛び立つは　霊か　白カモメ
目の前の海　ケルト神話の　あの世へ　飛べ

ああ　でも　それは夏の終わりのことだった
ああ　今はもう冬　ラ岬は　吹雪か　逆波か
でも帰りたいラ岬　明るい日差しの中だった
アッ　帰りたいのは　過ぎた時間の中なのか

過ぎた時間へ　子の死の前へは　帰れない

もしも帰れば　子が　また　死ぬから
行きたい　ラ岬で　生の　今を　生きたい

手に入った赤帽子 **〈赤子の赤帽子〉**

赤子の赤帽子

コンカルノー　今刈農　いやここは漁港
リゾート港　〆町　ヴィルクローズは旧市街
城壁高く巡らし真っ直ぐ一本の坂道が繁華街
おお地図で見るヴィルクローズは島　城砦島

初めて来た九月　軽井沢の旧道より長く同じ雑踏
予想を上回る規模　上方右の手作り人形店に見た赤帽子
赤字に刺繍　白いビーズの飾り　赤子の赤帽子

サイズはいろいろ　一歳用　二歳用　美は目を奪う

赤帽子のミニチュアだけ買って帰ったあとの十二月
本物の赤帽子をかぶせたい赤ちゃんを見る　堪らず
他地方への用の旅　一泊だけパリから飛ぶ三月

ああ三十一日　城砦島は冬の軽井沢　人形店は閉店
コンカルノーの住宅街に桜白く　反対側の海は「白砂浜」
翌日また来たヴィルクローズ　人形店はまだ閉店

初めて見て懐かしい聖堂囲い

不思議　ブルターニュの教会　ケルトの死神アンクー像
等身大人形で　マリア様のお母様アンヌ様にっこり
これは最後のブルターニュ公爵アンヌ様のお姿では
他の地方のカトリック教会にないものが多々あり
その極めつけが「聖堂囲い」と知ってその一つを実見に
北側海岸の西端付近から内陸へ少し入る　七月の半ば
「アンクロ・パロワシアル」は直訳「教区の囲い」

ブルターニュ特有の教会のありかた　低い石垣を巡らす
サンテゴネックは聖テゴネック　教会の名が村の名
人口二千百　それなのに教会には凱旋門のような門！
屋根付きの門　冠木門みたい　庭には紫陽花の大球
普通の教会は広場であろうとも　道路に面して扉がある

二つ目の特色は納骨堂　聖者の御遺体を安置する
ここの狭い地下室は人に溢れる？　錯覚　拝観席は狭い
柵の向こう　十字架から下ろされたイエス様が横たわる
担いで来た男二人の他は女ばかり　羽付きの天使も女
声に満ちるような錯覚　彩色木彫　十七世紀末職人芸
しかしキリスト教は偶像礼拝禁止ではなかったか

三つ目の特色はキリスト礫像　人物多数の石建造物
ブルターニュに多いお地蔵さまのような一本柱とは違う
遥に高くキリストが両手を釘打たれ　一段下に二天使
その下にどんどん横に広がる何段も聖書登場の人物群
普通は教会では聖書の中味は回廊の壁画で教える
ここでは彫像　キリスト教は偶像礼拝禁止ではないか

四つ目の特色は同じ囲いの中の墓地　普通は教会とは別
ケルト宗教はあの世とこの世の行き来　転生を思うが
キリスト教の生命はただ一回と教えるためという説あり
違う　どの墓石にもキリスト礫像が立つ　賑やかさは
ケルト的発想　あの世との親しみを思わす
しかもこれは古くない　門は十六世紀　建物は十七世紀

教会本体も立派な建築　その中にまた　驚くかわいらしさ
内陣奥の大磔像とは別に　横の方に人形のような磔像
仕切り棚に下がるイエス様は広げた両手に釘刺さる
重ねた両足は一本の大釘に刺されている？　見えない！
大きな鉢にいけた花々がおみ足を覆っている！
日本の心には何か懐かしい　初めて見る聖堂囲いの姿

イエス様の周りは賑やか〈初めて見て懐かしい聖堂囲い〉

イエス様の足先は花で見えない **〈初めて見て懐かしい聖堂囲い〉**

水車十四　家十五のポンタヴェン

ブルターニュを知って四十年　二〇〇二年九月のツアー
キブロン半島以西を初見　第一下車観光地ポンタヴェン
ゴーギャンの絵で名高い　無名時代の画伯が住んだころ
水車も風車も昔は小麦挽き　家より工場が多かった？
だがゴーギャンが名を挙げて仲間も住みに来て話題多い

町の手前の森　バスは急に山道を上る　枝が屋根を擦る
小山の上にトレマロの礼拝堂　十六世紀の石造り平屋

屋根か　片方斜めに下がり　地面すれすれ　崩れたみたい
入ると真っ暗　自分でスイッチ　天井にキリスト磔像
十七世紀からぶら下がる　腰布も肌色で裸に見える
ゴーギャンの名画『黄色のキリスト』のモデル

礼拝堂の前には樹齢何百年もの巨木　その先の花壇の家
庭を見に入ったら「個人の家だぞ」と住人に叱られた
山をバスで下るとすぐポンタヴェンの町　自由行動
アヴェン川は石垣下の浅い急流　川底の石が飛沫を上げる
片側は家並みの裏　反対側は川沿いに並木　ベンチの公園
細い青塗り柵の橋を渡ってベンチに座り　お仲間との写真

二年後の七月　またもツァー　またちょっとここへ寄る

十九名中二度目は八人　またポンタヴェンと喜ぶ
七月の方が観光客多いのか　礼拝堂には電灯ついている
大木は樹齢二年増えて風格を増し　花壇の家には禁止札
町の画廊は人で賑わい　店も九月の時より華やか
お仲間の女性たちは地方チェーンの店でファッション買い

一人で散歩　おお　懐かしい川向こうの川沿い公園
ふと川下を見ると石垣高まり　川を越える大きな石橋
おお　二年前　橋と気づかず渡った道　橋だったのだ
写真にと　カメラを構えると　橋から手を振る女性
あっF嬢！　お母様といっしょに三回参加の元教え子！
後ろは白壁の家々　その向こうは森　森山の上の家

帰国後その写真を大きく伸ばすと挙げているのは左手
そして橋の左手前に石造りの建物が橋の倍も高く立つ
水車小屋の跡なのか　そして森山上の家に何か突き立つ
二枚伸ばして一枚は元教え子に送り　許しを得て
もう一枚は書斎の壁に貼った　懐かしく不思議な写真
何なのか　確かめに行きたいものが沢山写っている

紫陽花が大きく見えるトレマロの礼拝堂〈**水車十四　家十五のポンタヴェン**〉

石橋の上で手を振る元教え子〈水車十四　家十五のポンタヴェン〉

二度目も楽しロックロナン

ロックロナンは泊まりたい　二度立ち寄って楽しかった
ケルト語でロックは聖地　ロナンは聖者の名
同じケルトのアイルランドは不思議に早くキリスト教化
ロナン様は五世紀にアイルランドから来て布教した
毎日裸足で数キロ　背後の森山のキリスト礫像を巡礼

十五世紀から三百年　船の帆作りで栄えた村
坂を上り切るとこの人口八百の村は不思議に細長く平たい

広い岩盤道の左側は　海を望む草花庭木の園
右側は観光地らしいレストラン　カフェ　高くて三階
突き当たりを左折すると半円広場　工芸店土産店　教会堂
六人乗りの観光馬車が客を待つ　一人三ユーロ

教会の鐘楼は村中どこからも屋根越し木越しに見える
お仲間と馬車に乗る　教会前の半円広場から岩盤道へ戻る
他のお仲間が手を振る　写真を撮る　馬車は坂の前で反転
岩盤道を戻って終わりか　いや　突き当たりを右へ！
その突き当たりの人形の店にＹ嬢！　お仲間の一人
その先は左右に古い石壁の民家と野原を縫って馬車は行く
皆ブルターニュ様式　切り妻屋根が長方形に立ち上がる

その壁面に窓はない　古くとも庭に新車の輝く家もあり
後で頂く　人形店の職人が切り抜いたY嬢の横顔の影絵
そしてその現場の写真も　職人はキリッとした好青年
帰国後　書斎の壁を飾る影絵　睫毛が宙に反る
二年後またツァー　ロックロナンで同じ御者の馬車に乗る

広場に戻る道　人形店の前　写真で見た影絵職人が立つ
馬車を下りたあと　住宅道を歩く　坂上にもう一本ある
石の平らな立派な壁　新築か　１６８１と刻みあり
おお十五世紀からのこの村では十七世紀は新築なのだ
現代の新築は古い家の立ち上がり切り妻壁に窓を開ける
十五世紀のままの凸凹石壁の家にもテレビアンテナが立つ

ロックロナンは楽しすぎ？　教会は行事中で入らず終い
聖ロナン教会の建物は十五世紀　十六世紀の礼拝堂と隣接
内部が通じるのも珍しく　ステンドグラスが美しいと聞く
また行って聖ロナン教会を拝観したいロックロナン
だが　その楽しさが今ここに　心の中にあるロックロナン
また行きたい愛の散歩地は　良き友のように心のに生きる

二年ぶり二度目に乗った同じ馬車 **〈二度目も楽しロックロナン〉**

あとがき

この詩集がまとまったのは、平成十九年、二〇〇七年初頭でした。

それ以後の事実関係の変化について言及します。

「千川ヴィーナス」に出る千川通りのガソリンスタンドのヴィーナス像は、その直後に消えてしまいました。

この詩集が刊行されたら、ガソリンスタンドにお持ちして像の復活をお願いしようと思っていましたが、今や自分で自転車で行くのは不可能になりました。平成二十一年にALS病、筋萎縮性側索硬化症と診断され、手術で喉に人工呼吸器を付け、ベッド暮らしです。執筆活動は続けています。車椅子のまま自動車で運ばれ、会合にも参加しています。

もう一つ言及しますのは、「天照大神のお母様」に出て来る練馬の白山神社の大けやきの樹齢です。練馬区が立てた札に八百年とあったので、この詩ではその通りにしていますが、もう九百年でしょう。以後の文ではそうしています。また、柵があるので触れないとしていますが、やがて、上の木では柵の下から出ている根に手を触れ、下の木には柵を跨いで幹に触れ、「生命力頂戴、有難うございます」と、祈るようになりました。更には「家内に分けます生命力頂戴」とも祈りました。今やベッドで空想散歩の際、毎晩ここへ寄っています。

訪問介護の人がいない時には、家内が人工呼吸器の中につかえた痰を吸引機に取ってくれます。深く長く突っ込むので苦しいですが、よく取れます。感謝して家内礼子の腿に手を触れ、「生命力、生命力、愛、愛、愛」と心に叫び、生命力を伝えています。

以上が追加です。私の詩を楽しく味わって下さいませ。

篠沢秀夫

平成二十三年六月二十七日

初出一覧

ポン　タタ　タンポポ　現代詩手帖2003年4月号
白き脇の下　現代詩手帖2003年5月号
こぶし落花　現代詩手帖2004年1月号
アンリ様御最後　現代詩手帖2003年1月号
オペラ座への道　現代詩手帖2003年8月号
ヴェルサンジェトリクス様御最後　現代詩手帖2003年9月号
ショコラの村　現代詩手帖2003年10月号
ロマン・ロランの生家はどこか　現代詩手帖2003年11月号
ラ岬の孤独　現代詩手帖2003年2月号
ラ岬からの道　現代詩手帖2003年3月号
赤子の赤帽子　現代詩手帖2003年7月号
＊その他の作品は書き下ろし

千川ヴィーナス

著者　篠沢秀夫
発行者　小田久郎
発行所　株式会社　思潮社
〒一六二－〇八四二　東京都新宿区市谷砂土原町三－十五
電話〇三（三二六七）八一五三（営業）・八一四一（編集）
FAX〇三（三二六七）八一四二
印刷所　三報社印刷株式会社
製本所　小高製本工業株式会社
発行日　二〇一三年六月六日